Les Têtes à la Titus

Vaudeville, Lombard de Langre

an 6.

Les Têtes à la Titus

Lombard de Langre

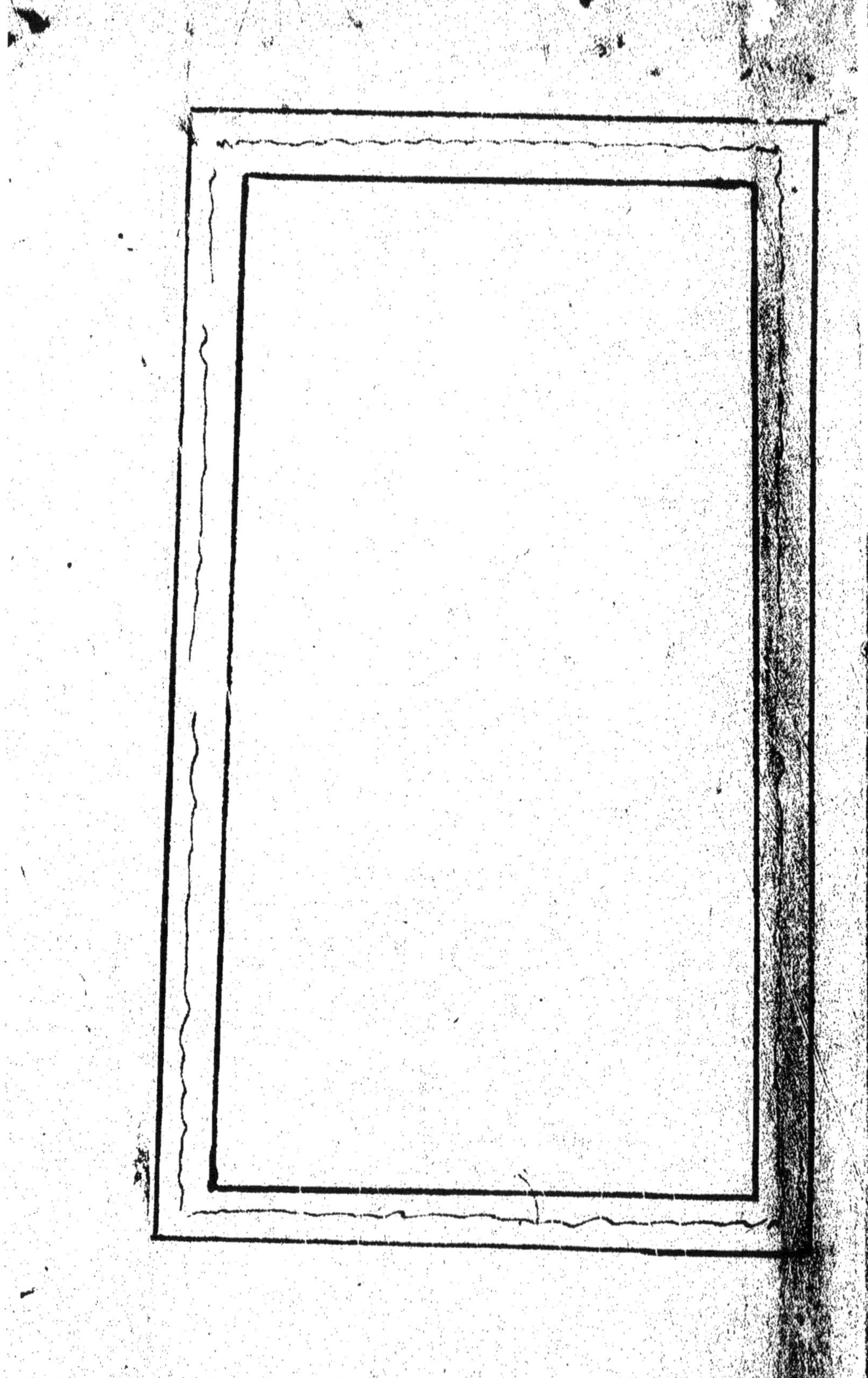

LES TÊTES

À LA TITUS,

VAUDEVILLE

EN UN ACTE.

Par le C. LOMBARD *de Langres.*

———

A PARIS,

Chez BARBA, Libraire, au Magasin des pièces de théâtre, au petit Dunkerque, près le Pont-Neuf.

AN SIXIÈME.

PERSONNAGES.

BAC, marin, en perruque de laine.

HORTENSE, sa femme.

SOPHIE, leur fille.

LAURETTE, suivante.

BRICE, valet, mari de Laurette.

VALCIN, jeune homme, coëffé à la mode, maintien décent.

LE NOIR, bourru.

TESSERT, marchand.

La Scène est à Paris, dans le salon d'Hortense.

LES TÊTES

A LA TITUS,

VAUDEVILLE.

SCENE PREMIERE.

VALCIN, *seul.*

Non; vous verrez qu'il faudra tout entendre, tout voir, et se taire. Il n'en sera pas ainsi.... Mais voyez-moi donc cette tête...! c'est affreux....! Peut-on se mettre ainsi?.... — Oui, je me mets ainsi, parce que cela me plaît, parce que cela ne peut être dangereux, et que, si ça pouvoit le devenir, je serois le premier à faire, à la tranquillité publique, le sacrifice de mes goûts. Mais il est inoui que l'on soit forcé de céder au caprice de quelques turbulens, qui ne trouvent pas votre mise à leur gré.

Air : *Fidèle époux, franc militaire.*

> Quand nous voyons toute la terre
> Pleine de nos exploits nombreux,
> Entre nous faut-il être en guerre
> Pour moins que rien, pour des cheveux?
> Frondeurs, riez de ma tournure,
> Moi, je ris de vos colibets.
> Ce n'est pas d'après sa coiffure,   (*bis.*)
> Que l'on doit juger un français.   (*bis.*)
>
> Quand une amitié fraternelle
> Devroit resserrer nos liens;
> Pourquoi, sur une bagatelle,
> Diviser tous les citoyens?

Un jeune homme, dans sa parure,
Parfois, peut mettre de l'excès;
Mais que m'importe sa coiffure,   (*bis.*)
S'il porte le cœur d'un français.   (*bis.*)

SCENE II.

VALCIN, LAURETTE, *entrant d'un côté,* BRICE *de l'autre.*

LAURETTE.

Vous aimez à vous faire desirer, à ce qu'il paroît.

VALCIN.

Comment cela, charmante Laurette?

LAURETTE.

C'est qu'il y a plus d'un quart-d'heure qu'on vous attend.

VALCIN.

Hortense est prête?

LAURETTE.

Sa fille aussi, et mise, pour vous plaire, le plus élégamment du monde.

BRICE, *entrant.*

Puisque je vous trouve, vous m'éviterez la peine d'aller vous prévenir, chez vous, qu'on n'attend plus que.....

VALCIN, *sortant.*

Il suffit. Je suis désespéré du retard, et cours réparer ma faute. *Il sort.*

SCENE III.

LAURETTE, BRICE.

BRICE, *riant.*

Ah! Ah! Ah, Ah!

LAURETTE.

Qui te fait rire si subitement?

BRICE.

As-tu vu la nouvelle coiffure de not' dame?

LAURETTE.

Non.

BRICE.

Son nouvel habillement?

LAURETTE.

Non.

BRICE.

Elle a changé bien subitement de parure, je t'en réponds.

AIR : *Du pas redoublé de l'Infanterie.*

Not' maitresse avoit, ce matin,
Tournure des plus belles,
Grands paniers, robe de satin,
Les manches de dentelles.
Tant que son sein fut, avec goût,
Voilé de gaze bouffante.....
Avec un peu de charité, on ne lui eût donné que trente ans;
Maintenant qu'elle montre tout,
Elle en paroît soixante.

LAURETTE.

Je ne reviens point de ma surprise.

BRICE, (*même air.*)

Son chignon étoit retapé,
Mais r'tapé d'importance,
Elle vous avoit un crèpé,
Com' n'y en a pas en France.
Mais laissant là tous ces *rebus,*
Madam' de goût se pique.
Elle est coiffée à la Titus;
C'est vraiment une antique.

LAURETTE.

Hortense coiffée à la Titus?

BRICE.

A la Titus!

LAURETTE.

A son âge?.. Mais tu es fou.

BRICE.

S'il y a quelqu'un de fou là-dedans, ce n'est pas moi qui le suis, d'abord.

LAURETTE.

Je n'en reviens pas.

BRICE.

Ce n'est rien que ça.

LAURETTE.

Comment donc ?

BRICE.

Comment ? Au lieu de ces machines larges, qu'elle mettoit de chaque côté, tu sais bien ?

LAURETTE.

Oui.

BRICE.

Et puis par derrière ?

LAURETTE.

Oui.

BRICE.

Elle vous a une robe, qui plaque, qui plaque. (*Il se promène en serrant ses fesses avec son habit.*) Et puis, tout plein de petits rubans rouges, pour attacher sa jambe après son soulier, tu sais bien ? Et puis les mains toutes nues jusque-là, (*montrant son épaule.*) et puis, au lieu de fichu, elle n'a.... elle n'a rien.

LAURETTE.

Elle est décolettée ?...

BRICE.

A faire peur.

LAURETTE

A**IR** : *Du vaudeville de la Soirée orageuse.*

Si nous avons quelques attraits,
Pourquoi les mettre en évidence ?
On va contre ses intérêts,
Quand on va contre la décence.

Il faut, dans un ajustement
Que toujours la pudeur domine.
Ce qu'on laisse voir à l'amant,
Ne vaut jamais ce qu'il devine.

L'on est près d'être censuré,
Du moment que l'on exagère.
Il ne faut jamais être outré,
Si l'on veut être sûr de plaire.
Sans doute on aime le nouveau ;
Mais en tout mettons du scrupule,
Ou bien en recherchant le beau,
Nous rencontrons le ridicule.

BRICE.

Pourtant, quoique ça, cette frisure-là me paroît bien commode. Avec une éponge et de l'eau, on est bichonné en un tour de main. C'est dit. Dès aujourd'hui, je me flanque une tête à la Titus.

Air : *Nous sommes précepteurs d'amour.*

Oui, cette mode est de mon goût.
A l'instant, la toilette est faite,
Et l'on en est quitte, après tout,
Pour se faire laver la tête.

LAURETTE.

Si tu veux rester dans la maison, c'est un ajustement que je ne te conseille pas de prendre.

BRICE.

Pourquoi ?

LAURETTE.

Pourquoi ? c'est qu'un maître trouve toujours que ce qui lui va bien, sied mal à son domestique.

BRICE.

Tu n'auras donc jamais les cheveux à la Titus ?

LAURETTE.

Ce n'est pas que je n'en aie aussi envie qu'une autre, mais je ne porte pas mes prétentions si haut, et, pourvu que je ne meure pas, sans avoir essayé d'une perruque blonde.....

BRICE.

Eh ! mon enfant que ne parlois-tu plutôt ; il y a un siècle que j'aurois prévenu tes désirs.

LAURETTE.

Ah bien , oui, parler ! Les maris sont bien assez complai-
sans pour cela.

BRICE.

Encore une querelle ?

LAURETTE, *avec intention et lentement.*

Non ; mais le prétendu de Sophie est généreux, et si je lui
laissois entrevoir....,

BRICE.

Ah ? Je dis , ma femme, pas de ça, s'il vous plaît ; j'aime
mieux me charger du cadeau.

LAURETTE, *à part.*

M'y voilà.

BRICE, *prenant Laurette par la main.*

AIR : *Sous le nom de l'amitié.*

On offre , avec amitié,
Une perruque blonde ;
Une perruque blonde
S'accepte avec amitié ;
Et la moitié du monde,
Coiffe l'autre moitié
Sous le nom (*ter.*) de l'amitié.

LAURETTE, *lui donnant une petite tape sur la joue.*

Tais-toi, tu n'es qu'un sot. (*Elle sort.*)

BRICE.

J'en ai peur.

SCENE IV.

BRICE, *seul.*

Elle est jolie , ma petite femme ; et, quand on est jolie, on
aime à se l'entendre dire ; et, quand on aime à se l'entendre
dire . . .

AIR : *maintenant, l'ouvrage est fini.* (Opéra Comique.)

Ah ! Pauvre Brice, gare à toi,
Si quelque galant la reluque.
Je hais, je ne sais trop pourquoi,
Qu'on parle toujours de perruque.

Bien

A LA TITUS.

Bien que l'on en change à Paris,
Et qu'elle soit fort commode,
Celle que portent les maris,
Est toujours à la mode.

U N E   V O I X, *dans la coulisse.*

Oh ! aih ! oh ! aih !

B R I C E, *sortant.*

Qui appelle de la sorte ? voyons qui ce peut être.

SCENE V.

B A C, *entrant du côté opposé.*

Je prends l'escalier derobé, pour surprendre mon monde,
et voilà que mon animal de postillon vous met toute la maison
sur pied.... personne..... Après quatre ans d'absence et
de dangers sur mer, quel plaisir de revoir sa famille !

R O N D E A U, *de la belle esclave.*

De plaisir, ma fille,
Je te vois pleurer,
Ah ! dans sa famille,
Qu'il est doux de rentrer.

Comme avec ivresse,
Chacun suit mes pas !
Ma femme s'empresse
De courir dans mes bras.
De plaisir, etc.

Femme, enfans, patrie,
Noms chers à mon cœur,
Loin de vous, la vie
Est, pour moi, sans douceur.

De quelqu'importance
Qu'un bien soit pour nous,
Je le sens, l'absence
Le rend encor plus doux.

B

SCENE VI.

BAC, LAURETTE, BRICE, *accourant.*

L A U R E T T E, *allant se jeter au cou de Bac, pendant que Brice, un peu éloigné, l'examine.*

Ah ! mon dieu ! oui ! C'est bien lui ! Le voilà.

B A C.

Bonjour, ma chère Laurette.

B R I C E, *à part.*

Ah ! c'est-là lui.

L A U R E T T E.

Que je suis donc bien aise de vous revoir !

B R I C E.

Et moi aussi, quoique je ne vous connoisse pas.

B A C, *à Laurette.*

Quel est cet homme ? Ah ! ah ! Bonjour, mon ami.

L A U R E T T E.

Pendant votre absence, madame a eu la bonté …

B R I C E.

De donner une dot à Laurette, et moi de l'épouser.

B A C.

C'est fort bien, mes enfans ; je suis enchanté que ma femme fasse du bien à ceux qui la servent ; c'est une preuve qu'elle est contente de vous.

L A U R E T T E, B R I C E.

Et nous, d'elle.

L A U R E T T E.

Qu'elle sera donc fâchée de ne s'être pas trouvée ici.

B A C.

Tout le monde se porte bien ?

L A U R E T T E.

A merveille.

B A C.

Et ma Sophie ?

L A U R E T T E.

Jolie comme un cœur… Elles seront si désolées, que je vais savoir où elles sont, et les envoyer chercher. (*Fausse sortie.*)

B A C.

Tu me feras plaisir.

L A U R E T T E, *revenant.*

Que je vous embrasse encore une fois.

B A C.

De tout mon cœur. (*Laurette sort.*) Charmante enfant.

S C E N E V I I.

B A C , B R I C E , *examinant depuis long-tems la tournure de Bac.*

B R I C E.

M'est avis qu'il y a long-tems que vous êtes sorti de Paris, citoyen.

B A C.

Pourquoi cela, mon garçon ?

B R I C E.

C'est que vous avez là une drôle de perruque.

B A C, *tirant sa perruque.*

C'est bon. Cela tient chaud sur mer.

B R I C E.

Quoique cela, je ne vous conseille pas de la porter ici.

A I R : *De la catacoi.*

Avec cette perruque-là ,
Au doigt chacun vous montrera,
— Eh ! mais d'où vient-il ? de Golconde.
— Le drôle d'homme que voilà !
Quittez-moi ça ,
Ou sans cela ,

Au nez, chacun, à l'instant vous rira.
Ayez, ainsi que tout le monde,
La tête à la Caracalla.

BAC.

Triple bord. Quel nom est-ce cela ?

(*Même air.*).

La catacoi, le catogan,
Et la grecque poudrée à blanc,
Plaisoient naguère à toute belle ;
C'étoit le fard de chaque amant.

BRICE.

Oh ! Pour l'instant,
C'est différent.
Oui, le bon goût s'en va toujours croissant.
Moins de cheveux, plus de cervelle ;
Voilà la mode d'à-présent.

BAC.

Eh bien, mon garçon, vive la mode !

BRICE.

On ne rencontre partout que des perruques ; perruque à la
Fanfan, à la Vénus, à la Chouchou, à la Titus, à la Vestale ;
perruque à l'île de Malthe.

BAC.

A l'île de Malthe ? Diable ! Et de quelle couleur est celle-
là, je te prie ?

BRICE.

Couleur d'espérance.

BAC.

Ah ! morbleu ! C'est que j'y étois, à l'île de Malthe, quand
ce diable de général, à qui rien ne résiste, vous a gobé cela
le plus proprement du monde. C'est lui, qui sait donner de
fières perruques.

AIR : *On compteroit les diamans.*

Par-tout il se fait des chalans.
La victoire lui sert d'enseigne.
On est retapé pour long-tems,
Quand il vous donne un coup de peigne :
S'il va toujours par-ci par-là
Rasant ce qu'il trouve à la ronde,
Vous verrez que ce garçon-là
Fera la barbe à tout le monde.

SCENE VIII.
BAC, BRICE, TESSERT.

TESSERT.

La citoyenne Bac est-elle ici ?

BRICE.

Non pas pour l'instant ; mais voilà son mari, c'est tout de même. (*Il sort.*

TESSERT, *avec affection, et lui serrant la main.*

Quoi ! vous êtes de retour, je suis enchanté de vous voir.

BAC.

Mettez donc votre chapeau, de grace, je n'ai pas l'honneur de vous connoître.

TESSERT.

Moi, je vous connois depuis long-tems, et ne vous oublierai de la vie ; je suis Tessert, marchand de draps, rue Tiquetonne, depuis vingt ans, je fournis votre maison ; il y a dix-huit mois que votre épouse passant chez moi pour faire une emplette, me trouva dans la douleur ; une banqueroute que je venois d'éprouver me mettoit à deux doigts de ma perte ; ne pouvant trouver dans mon malheur de secours de qui que ce fût, j'allois faillir aussi.... lorsque votre épouse à qui je venois d'ouvrir mon cœur, remonte en voiture, vole chez elle, revient avec célérité, me tire à l'écart, me remet trois cents louis dans la main, et s'éloigne sans me laisser le tems de la remercier.

BAC, *essuyant ses larmes, à part.*

Ah ! mon Hortense, je te reconnois là.

TESSERT.

Son or a suffi pour réparer mes pertes, maintenant.

BAC, *lui serrant la main.*

Si ma femme vous a rendu un léger service, vous m'en ren-
dez un bien grand aujourd'hui, en m'apprenant ce qu'elle a
fait pour vous.

TESSERT, *donnant une bourse.*

Souffrez que je vous restitue un dépôt sacré.... Tant que
j'existerai...

BAC, *prenant la bourse.*

Vous n'êtes donc pas ingrat !

TESSERT.

Ingrat !

BAC.

Ah ! mon ami ! j'en ai tant trouvé, que je ne puis résister au
plaisir d'embrasser celui qui ne l'est pas.

TESSERT.

AIR : *Comment goûter quelque repos.*

Du ciel qui punit la noirceur
Puissé-je éprouver la vengeance,
Si jamais la reconnoissance,
Devient un fardeau pour mon cœur.
Non, non, votre image chérie
Fera sans cesse mon bonheur.
Vous m'avez conservé l'honnour,
C'est vous devoir plus que la vie.   (*bis.*)

Je ne vous ai rendu que le capital.... Daignez fixer les
intérêts.

BAC, *avec force.*

Les intérêts !

AIR : *Il faut des époux assortis.*

Jamais fripon fût-il à bout,
N'aura de moi la moindre somme.
Mais je me priverois de tout,
Pour secourir un honnête homme.
Oui, mon cher ami, désormais,
Ma bourse vous sera commune,
C'est prêter à gros intérêts,
Que de soulager l'infortune.

Quelqu'un vient, ne parlons plus de cela.

TESSERT *sort par la coulisse où entre le Noir.*

Je vous laisse.

SCÈNE IX.

BAC, LENOIR, *l'air sombre.*

BAC, *reconduisant Tessert, apperçoit Lenoir.*

Eh! bonjour, notre ami Lenoir, j'étois bien étonné que le nouvelliste du quartier ne sût point encore mon arrivée.

LENOIR.

Je la sais.

BAC.

Ni pourquoi je suis arrivé plutôt que je ne l'avois promis?

LENOIR.

C'est ce que je viens savoir.

BAC.

Mon navire étant meilleur voilier que celui des autres armateurs, mon général m'a donné ordre d'apporter des dépêches au gouvernement.

LENOIR.

Que contiennent-elles?

BAC.

C'est ce que j'ignore.

LENOIR.

Vous êtes donc bien discret?

BAC.

Comment va la santé?

LE NOIR.

Mal.

BAC.

Toujours morose, toujours chagrin; imitez-moi, morbleu, et vous ne ferez point de bile.

LE NOIR.

Oui! Oh, vous avez grand sujet de rire.

BAC.

Eh! pourquoi non?

LE NOIR.

Ni femme, ni enfant pour recevoir un mari qui débarque.

BAC.

Mais ils ne savoient pas mon retour si prochain.

LENOIR.

Depuis que vous êtes parti on ne fait que se divertir ici.

BAC.

C'est ce que je demande.

LENOIR.

Courir, aller, venir.

BAC.

Tant mieux.

LENOIR.

Aussi l'on en dit de belles dans le quartier.

BAC.

Cela ne m'étonne pas.

AIR: *De la croisée.*

Ma femme ici fait des heureux,
Quand là-bas je sers ma patrie,
Beau sujet pour qu'un envieux
Me déchire et la calomnie;
Cachant les torts qu'il peut avoir,
Mais augmentant bien les nôtres,
Le méchant ne se fait valoir
Qu'en dénigrant les autres.   (*bis.*)

LENOIR.

Fort bien; vous allez voir qu'on dénigre les gens, parce qu'un voisin, un ami de trente ans, trouve mauvais qu'une jeune fille de quinze ans aille courir à Bagatelle.

BAC.

Et qu'est-ce que Bagatelle, je vous prie?

LE NOIR.

LENOIR.

Un jardin à la mode, bien touffu, bien planté au beau milieu d'un bois, où pour la plus grande satisfaction des parens, tous les élégans et les élégantes de la capitale, se rendent tous les soirs à la brune.

BAC.

Et ma femme est-elle avec Sophie ?

LENOIR.

Cela se demande bien; est-ce qu'elle manque une partie de plaisir, votre chère moitié ?

BAC.

En ce cas, me voilà tranquille.

AIR: *Je vous comprendrai toujours bien.* (Opéra Comique.)

> Oui, l'amant a bientôt séduit,
> Fille qui cherche la verdure ;
> Mais, quand la mère l'y conduit,
> Mon cœur aussitôt se rassure.
> Beautés, que guettent les amours,
> Le repentir fuiroit vos traces,
> Si ta tendre amitié toujours
> Vous guidoit au temple des Grâces.

LENOIR.

Voilà ce qui s'appelle un bon mari, et, sur-tout, un bon père.

BAC.

Chacun a son allure, voilà la mienne.

LENOIR.

A merveille ! sans doute, vous allez faire compliment à votre fille sur la manière dont elle conduit, elle-même, un char, depuis que vous ne l'avez vue.

BAC.

Comment, diable ! mais c'est charmant !

LENOIR.

Il n'y a pas une heure que je l'ai rencontrée, traversant la rue dans un boquet qu'elle dirigeoit elle-même.

C

BAC.

Qu'appelez-vous un boquet?

LE NOIR.

Une espèce de voiture, de calèche, ne pesant pas deux
onces, à jour de tous côtés, élevée jusqu'au ciel, et culbutant
d'un rien.

BAC.

Et vous l'avez vue?

LE NOIR.

Vue, de mes yeux vue.

BAC.

Elle vous mène donc cela lestement?

LE NOIR.

Oh! très-lestement, je vous jure.

BAC.

AIR : *Cœurs sensibles, cœurs fidèles etc.*

Un petit grain de folie
Au sexe ne messied pas.
Excusons femme jolie,
Qui, roulant, avec fracas,
Malgré son étourderie,
Sait éviter les faux pas.   (ter.)

LE NOIR.

Bravo! mon voisin, bravo! je voulois vous parler aussi de
leur mise ridicule, et de leur coiffure à l'avenant; mais tout
vous arrange.

BAC.

J'en suis plus heureux.

LE NOIR.

Ce sont des frisures gotesques, des têtes à.....

BAC.

On m'en a dit un mot. Elle me plaisent ainsi; personne
n'a le droit d'y trouver à redire.

LE NOIR.

AIR: *De la bonne femme.*

Mais c'est un genre extravagant.

BAC.

Que m'importe, s'il est commode ?

LE NOIR.

Quoi ! vous voulez que votre enfant ?....

BAC.

Sans rien outrer, suive la mode.

LE NOIR.

Ah ! que vous êtes indulgent !

BAC.

L'on vaut mieux ainsi qu'autrement.

LE NOIR.

Hélas ! le monde est si méchant !

BAC.

Bien moins que vous, sans compliment.

LE NOIR, *en colère.*

Ah ! mon Dieu !

BAC.

Ah ! mon Dieu !

LE NOIR.

Un mauvais propos peut aller....

BAC.

A l'eau ! à l'eau !

LE NOIR.

Vous osez m'envoyer.....

BAC.

A l'eau à l'eau !

ENSEMBLE.

BAC.		LE NOIR.
Ne me dis plus rien.		En ce cas, tout est bien.
Oui, tout est bien,		Non, je ne vous dirai plus rien.
Oui, tout est bien,	(*bis*)	

LE NOIR, *sortant fâché.*

Serviteur.

BAC.

Je ne vous dis pas adieu ; je suis bien sûr qu'avant la fin du jour j'aurai encore le plaisir de vous voir deux ou trois fois.

LE NOIR, *près de la porte.*

Je n'en crois pas le mot.

BAC, *seul.*

C'est bien le meilleur homme de la nature ; mais c'est bien le garçon le plus bourru que je connoisse. (*le Noir rentre*). Comment, déjà ?

LE NOIR.

Je suis curieux d'assister à l'entrevue.

BAC.

Comment ?

LE NOIR.

Voici nos élégantes qui arrivent.

BAC, *allant au-devant d'elles.*

Ma femme ! mon enfant !

SCENE DERNIERE.

Les précédens, HORTENCE, SOPHIE, VALCIN, BRICE, LAURETTE.

BRICE, *s'essuyant le front.*

Les voici, je les ai trouvées.

SOPHIE, *accourant, et se jetant dans les bras de son père.*

C'est lui ! c'est mon papa !

HORTENSE.

Mon pauvre mari !

BAC.

Bonjour, mes enfans, mes bons amis.

HORTENCE.

Mais quel heureux hasard ?....

BAC.

Je vous conterai cela.... Ma Sophie! ma chère femme!

VALCIN, *s'approchant pour l'embrasser.*

Permettez-vous, citoyen?...

HORTENSE.

C'est le fils d'Armand, ton correspondant de Marseille, notre ancien ami.

BAC.

Je suis ravi de vous voir; vous étiez si jeune lorsque je quittai ce pays, que vous m'excuserez de ne pas vous reconnoître.

HORTENSE.

Je n'attendois que ton retour pour l'unir à Sophie.

BAC.

Eh bien, nous allons tous être heureux.

HORTENSE.

C'est un jeune homme charmant.

LE NOIR.

Oui, oh! c'est un garçon qui a de beaux cheveux!

VALCIN.

Je suis désespéré que ma tournure vous déplaise; mais vous pourriez vous taire, ce me semble, ou le dire plus honnêtement.

BAC.

J'aime ça. (*Le Noir hausse les épaules.*)

VALCIN, *à Le Noir.*

AIR: *De la Croisée.*

Si j'ai quelque foible aujourd'hui,
Vous, demain, vous en aurez d'autres.
Tolérons les défauts d'autrui,
Pour que l'on nous passe les nôtres.
Pour éviter un cas fâcheux,
Il faut toujours être honnête;
Car tel qui n'a point de cheveux;
Peut avoir de la tête.

BAC, *bas à Valcin.*

Ménagez-le, c'est un vieil ami.

(*Valcin s'incline en signe d'approbation.*)

LE NOIR, *prenant une prise de tabac.*
Voilà trente ans que je viens ici comme chez moi...

HORTENSE, *à part.*
Tant pis.

LE NOIR.
Et vous verrez que ce jeune homme, qui n'y met les pieds
que d'aujourd'hui, me fermera la porte au nez.

SOPHIE, *à part.*
J'en serois charmée.

BAC.
Chut ! chut! que vous importent les propos de notre voisin,
puisque je vous trouve à merveille ?

SOPHIE.
Tant mieux ! c'est bien fait.

LE NOIR, *ironiquement.*
Superbe ! en vérité, superbe !

BAC, *à sa femme.*
AIR : *N'en demandez pas davantage.*

Ce bazin est des plus charmans ;
Ce schall est un superbe ouvrage;
Tes souliers sont très-élégans ;
Ces rubans font grand étalage.

HORTENSE.
Leur beauté n'est rien ;
Mais me vont-ils bien ?

LE NOIR.
N'en demandez pas davantage.   (*bis.*)

SOPHIE.
Quel homme insupportable !

BAC.
Je ne suis pas étonné de ce que les femmes vous évitent ;
vous n'avez jamais rien d'agréable à leur dire.

LE NOIR.
Ce n'est pas ma faute.

HORTENSE.
Si mon habillement n'est pas de votre goût, ma coiffure,
peut-être, vous plaira davantage.

LE NOIR.
Votre coiffure ?

BAC, *à sa femme, avec amitié.*

AIR : *On compteroit les diamans.*

Mais, à te parler franchement,
Ma femme, quand on a notre âge,
On change en vain d'ajustement,
On ne peut changer de visage.
Oui, du moment qu'on l'apperçoit,
Cette tête, ne te déplaise,
Quelque romaine qu'elle soit,
Paroît toujours un peu française.

LE NOIR.

Bon ça ! ferme, papa, ferme.

HORTENSE.

Si je soupçonnois, mon ami, que ma manière de me mettre
pût te déplaire....

BAC.

Non pas, ma bonne amie, non pas ; ce n'est qu'une petite
gaité qui m'est échappée, et que je serois désolé de m'être
permise, si elle pouvoit te chagriner un instant.

LE NOIR.

Oh ! le diable d'homme ! le voilà qui foiblit.

BAC.

Ceux qui ont de la fortune, font bien de suivre la mode,
elle n'est à blâmer que dans ceux qui prennent sur le néces-
saire, pour se procurer le superflu.

SOPHIE, *à Le Noir.*

Vous entendez ?

AIR : *Ce fut par la faute du sort.*

A votre tour, ce vêtement,
Approche de l'extravagance ;
Mais je le trouverois charmant,
Si vous aviez de l'indulgence.
Rarement on se sent du goût
Pour l'homme fâcheux qui nous fronde.
Il faut s'accommoder de tout,
Pour être aimé de tout le monde.

LE NOIR.

Eh bien, l'amitié de tout le monde est précisément ce dont
je me soucie le moins. Entendez-vous ? entendez vous ? (*Il
sort en haussant les épaules.*)

SOPHIE.

C'est un trouble fête, que cet homme-là. Je suis bien aise qu'il soit parti.

BAC.

Et moi aussi ; car je ne veux pas que rien altère le plaisir que j'ai de vous revoir.

SOPHIE.

Mon bon père !

BAC.

Allons nous mettre à table, et presser les arrangemens nécessaires pour hâter votre union.

VALCIN.

Air : *De la pipe de tabac.*

Des modes qui pourront vous plaire
Jadopterai les goûts piquans ;
Mais mon cœur, mais mon caractère
Seront les mêmes en tout tems.
Je déteste ces personnages,
Qui, dès que le tems est douteux,
Changent encor plus de visages,
Que je ne change de cheveux.

LAURETTE, *au public.*

C'est bien assez parler, sans-doute,
De perruques et de toupet.
Si nous voulons qu'on nous écoute,
N'épuisons jamais un sujet.
De mériter votre suffrage,
L'auteur se croiroit trop heureux,
Car sa pièce est un pauvre ouvrage
Qu'il a tiré par les cheveux.

FIN.

nouvelle édition

Prix 28. 40° franc de port

an XII 1804